भावों का चितेरा

सोमा आनंद गुप्ता

सन्मति पब्लिशर्स एण्ड डिस्ट्रीब्यूटर्स

ISBN: 978-93-883650-5-5

प्रकाशक
सन्मति पब्लिशर्स एण्ड डिस्ट्रीब्यूटर्स
बी–347, संजय विहार,
मेरठ रोड, हापुड़–245101 (उ0प्र0)
website : www.sanmatiindia.com
email: sanmati555@gmail.com
मो. 8439645104, 09997184964

प्रथम संस्करण: अप्रैल 2019

आवरण
RETROTEK

समर्पण

मेरे माँ और पापा

श्री रविन्द्र नाथ गुप्ता और श्रीमती शैलबाला गुप्ता

जिनके आशीष के बगैर कुछ भी संभव नहीं था

प्रस्तावना

इक पल का जीवन है पलभर में गुजर जाना है,
स्नेह और प्यार से ही जीवन का हर रंग सुहाना है।

जीवन के इस रंगमंच पर अपना–अपना किरदार निभाते हुए कब पर्दा गिरने का वक्त आ चुका होता है, पता ही नहीं चलता। यही जीवन का सार है और गूढ़ रहस्य भी, आज नहीं तो कल माटी के इस देह को अन्ततः माटी में हीं मिल जाना है। जीवन की सार्थकता इसी में है कि अपनी खुशी के अनुसार जीवन के रुख को वक्त रहते थोड़ा मोड़ने की कोशिश की जाए ताकि हमारे अंदर कोई मलाल शेष न रहे।

ये किताब एक छोटा सा प्रयास है, अपने एहसासों को, अपनी भावनाओं को शब्द रूपी हार में पिरोकर आप पाठकों तक पहुंचाने का। इस भाग–दौड़ भरी जिंदगी में चंद लम्हों को चुराकर अपने लिए जीने की एक छोटी सी कोशिश और अपने उन अरमानों को जीने की चाह जो हम अपने लिए जीना चाहते हैं।

इसी प्रयास में अपनी अनुभूतियों और कल्पनाओं को निरंतर मुखरित करने की कोशिश करती हूं। एक खास मनःस्थिति को जन्म देकर हृदयंगम करने की कोशिश करती हूं, ताकि मेरे अपने पाठक दोस्त मेरे जज्बातों को, मेरी भावनाओं को अपने एहसास समझकर जी सकें।

एक पुस्तक का प्रकाशित होना अपने आप में एक अनूठा एहसास होता है जिसमें हम अपने अंदर के विचारों को कागज के पन्नों पर उतारकर आप पाठकों के साथ बांटने को उत्सुक होते हैं। मैंने अपनी इस पुस्तक में थोड़ी–थोड़ी करके ही सही हर तरह की रचनाएं परोसने की कोशिश की है। कहीं जीवन के कटु सत्य से रूबरू कराया है तो कहीं शर्मशार करती इंसानियत को दिखाया है, जहां एक पगली

लाचार अबला को भी वहशी निगाहें हैवानियत की नजर से घूरती है, दूसरी ओर सैनिक की पत्नी की त्याग की गाथा, तिरंगे की महत्ता एवं पर्यावरण के वास्तविक आधारभूत तत्व के साथ–साथ युवा शक्ति के सामर्थ्य और एकजुटता को भी दर्शाने का अथक प्रयास किया है।

मेरी भावना ने भावना को वरण कर हृदय में उठे सवाल, तपिश भरे एहसास, दर्द की टीसती चुभन, अपनों के दग्ध करते शब्द बाण से बेधिल अन्तर्मन की व्यथा के विपरित मां–बाप के ऋणी होने से लेकर उनके प्यार का खूबसूरत मंजर बेटे–बेटी के अगाध प्रेम, एकाकी मन की व्यथा, अपने वजूद को कायम रखने की चाह, जिन्दगी को खूबसूरती से जीने का जज्बा, अधूरी प्रेम गाथा, नजरों के सूकून के साथ–साथ हर तरह की रचनाएं, जिसे हर उम्र के लोग अपनी पसंद के अनुसार पढ़कर उस हर एक भाव को जी सकें।

जीवन के हर एक पहलू को देखने और परखने के बाद मैंने अपने मनोभाव को आत्मसात करने की कोशिश की है। मैं कहां तक अपने विचार अपने भाव अपने एहसास आप पाठकों के हृदय तक पहुंचा पायी अब आप सब ही इसका सही निष्कर्ष दे सकते हैं।

मेरे पति, पंकज कुमार गुप्ता जिनके सहयोग और प्रोत्साहन ने मेरे अधूरे सपने को साकार किया और आभार मेरे शुभचिंतकों, मेरे अजीज दोस्तों और मेरे पूरे परिवार का जिनकी शुभकामना और उत्साहवर्धन के कारण मेरा ये काव्य संग्रह आप पाठकों तक पहुंच पाया।

– सोमा गुप्ता

तरल भावानुभूति की सहज कवयित्री हैं सोमा आनंद गुप्ता

कविता के प्रांगण में **सोमा** का आगमन स्वागत योग्य है। मैं आगत का, विशेषतः नवागत का स्वागत करने को सदैव तत्पर रहता हूँ, क्यूंकि नयी पीढ़ी ही पुरानी पीढ़ी की धरोहर को आगे ले जा सकेगी। साहित्यिक रुचि इनमें बचपन से ही है। स्वयं सोमा के अनुसार वह मनोभावों प्रेम, विरह, खुशी, आत्म–संवेदना, ईश्वर–भक्ति, देश–प्रेम वात्सल्य आदि के विभिन्न रंगों की चितेरी हैं; उनका यह काव्य–संग्रह इन सभी रंगों से सराबोर है, वह आश्वस्त हैं कि उनका यह काव्य–संग्रह पाठकवर्ग के दिलों पर भावनाओं की शबनमी बरसात करेगा।

जैसे प्रस्तर–शिलाओं के वक्षस्थल से अनायास ही निर्मल, शीतल जल का झरना फूट पड़ता है, ठीक उसी प्रकार सोमा के ह्रदय से काव्यमय उद्‌गारों का एक सरस झरना झर–झर झर उठा हो मुझे ऐसी प्रतीति उनकी कविताओं का अवलोकन करने पर हुई। सोमा की कविता अभिव्यक्ति का वैसा ही प्रकाशन है जिसे कहे बिना कवयित्री रह ही नहीं पाती। उसका अंतर्मन अभिव्यक्ति के लिए अकुला उठता है तो कविता का निर्झर बह उठता है। सोमा की कविता कहीं भी सायास अथवा प्रयास से गढ़ी गई दृष्टिगोचर नहीं होती। उनकी रचना की यह विशेषता पाठक के मन को भी स्पर्श करती है और रचना ह्रदय में उतरती चली जाती है, इसे सोमा की विशेष उपलब्धि कही जा सकती है।

कविता सोमा के अंतस से भोर की अरुणाभामयी स्वर्णिम किरणों के फूट निकलने की भाँति ही स्वयमेव ह्रदय से निस्सृत हो अधरों तक और अधरों से कलम के माध्यम से कागज तक अपना मार्ग निर्मित कर लेती है, बिना किसी अतिरिक्त प्रयास के ऐसी अनुभूति

पाठकों को अवश्य होगी। कवयित्री का अंतस, कोमल भावनाओं का उद्गम स्थल है, भाव जैसे–जैसे फूटते हैं, सोमा उन्हें शब्दबद्ध और लिपिबद्ध करती चली जाती हैं।

सोमा की कविताओं में विषय की विविधता के भी प्रचूर मात्रा में उदाहरण मिलते हैं। अनावश्यक विस्तार से बचने के लिए हम अधिक उदाहरणों में न जाकर उनकी कविता 'माँ' की चर्चा करेंगे, जिसमें उन्होने माँ, उसकी ममता और त्याग क्या होती है, कविता में ज्वलंत उदाहरण प्रस्तुत किया है–

ममता का विस्तृत रूप,
शीतल मन्द चन्द्र सा स्नेहिल स्वरूप
माँ बिखराती जीवन में आशा के मोती
नहीं माँ की ममता कभी कम है होती
शीतल आँचल की छाया वो देती तपन में
माँ आशा के दीप जलाती है मन में

उक्त कविता में उन्होने माँ के रुपों को इतने अच्छे अंदाज में प्रस्तुत किया है कि कविता पाठकों के मन का दर्पण बन जाती है। अन्य विषयों की कविता पाठकों को संग्रह में यत्र–तत्र–सर्वत्र मिलेंगी। अतएव हम उदधृत नहीं कर रहे हैं। सोमा की कविता की भाषा सहज प्रवाहमयी है और सरसता से परिपूर्ण है। कोई शब्द कहीं से भी आरोपित या ठूँसा हुआ नहीं लगता, भाव के साथ भाषा स्वयं बहती हुई प्रतीत होती है।

ये इनका पहला कविता संग्रह है, अतः स्पष्ट है कि उनकी कविता–यात्रा लंबी नहीं है। अभी उनके जीवन में कविता कि भोर हुई है फलतः अभी इनकी कविता भोर की उजली किरण है, पर्वत के हृदय से फूटता तरल, सुकोमल भावों का निर्झर है।

मुझे विश्वास है कि अनवरत अभ्यास, अध्यन और अनुभव की परिपक्वता के सुयोग से यह भाव–निर्झर शीघ्र ही सुगठित विचारों की

गहरी नदी का रूप लेकर सुधी पाठकों के सम्मुख प्रवाहमान होगा। शनैः शनैः काव्यानुशासन की परिधि में आबद्ध होकर एक प्रबुद्ध कवित्री के रूप में उभरने की सोमा में प्रबल संभावनाएं विद्यमान हैं।

एक उदीयमान और सहज कवयित्री के रूप में सोमा के प्रथम काव्य संग्रह 'भावों का चितेरा' का सुधी पाठक–समुदाय में उनका हार्दिक स्वागत होगा, ऐसा मुझे विश्वास है। मैं उनके उज्ज्वल एवं सुमंगल साहित्यिक भविष्य की कामना करता हूँ। मुझे पूर्ण विश्वास है कि उनकी कविता शीघ्र निर्झर से एक लहराती नदी के रूप में परिवर्तित होकर पाठकों के भाव जगत को सुसिंचित कर तृप्त करेगी। सोमा का काव्य–पथ प्रशस्त हो, मेरी आत्मिक शुभकामनाएँ.....

– मो. नसीम अख्तर
मोगल पुरा, पटना सिटी–800008
मोबाइल : 9431004722
ईमेल : nasim4722@gmail.com

मेरी नजर में.... सोमा

सोमा की काव्य–यात्रा का मैं उस तरह से साक्षी और प्रत्यक्षदर्शी हूँ जिस तरह एक माँ अपने शिशु को गर्भावस्था से लेकर उसके जन्म होने तक देखती और महसूस करती है। यूँ तो सोमा बचपन से लिखती रही हैं लेकिन उनकी काव्य रचनाओं को फेसबुक के माध्यम से प्रकाश में आने का सिलसिला शुरू हुए अभी दो वर्ष भी नहीं हुए हैं। यदि मैं गलत नहीं हूँ तो फेसबुक पर सोमा ने अपनी कविताओं के विषय में सबसे पहले मेरे से चर्चा की और फिर 'आगमन' से जुड़ी। शुरू–शुरू में सोमा अपनी कविताओं को लेकर बहुत बेचैन और चिंतित रहती थी लेकिन जैसे–जैसे समय गुजरता गया, सोमा का आत्मविश्वास भी बढ़ता गया और उनकी रचनाओं में विविधता एवं शब्द विन्यास में निखार आता गया।

सोमा का जो सबसे बड़ा गुण है वो है उसका स्वयं का आकलन, वो अपनी कविताओं की आलोचक भी है और समीक्षक भी। सोशल मीडिया पर उसकी रचनाओं पर मिले लाइक्स और कमेंट्स से प्रभावित हुए बिना वो निरंतर अपनी रचनाओं की भाषा, शब्दों के चयन में सुधार के प्रति निरंतर प्रयासरत रहती हैं और सफल भी होती है।

कोई कवयित्री इतने अल्प समय में काव्य संग्रह के प्रकाशन का निर्णय ले; ये तभी संभव है जब उसके भीतर नैसर्गिक प्रतिभा हो। आज मैं कह सकता हूँ कि सोमा एक जन्मजात कवयित्री हैं। सोमा की एक और विशेषता है कि वो अपने लेखन एवं काव्य पाठ से कभी संतुष्ट नहीं होती, उनकी यही विशेषता भविष्य में हिंदी साहित्य में उन्हें एक मुकाम देने में, उन्हें हिंदी साहित्य की अग्रिम कतार में लाने में सहायक होगी।

सोमा से मेरा पारिवारिक जुड़ाव है, उनके पति पंकज गुप्ता जी सोमा का पग पग पर उत्साहवर्धन करते हैं, अपने जरूरी कार्य भी छोड़

कर सोमा की साहित्यिक यात्राओं के लिए वक्त निकालते हैं। सोमा अति सौभग्यशाली है जो उन्हें पंकज जी जैसे जीवन साथी मिले। सोमा के माता, पिता, भाई आदि से भी मिल चुका हूँ, सभी बहुत सहज एवं सरल ह्दय हैं। जीवन में ऐसे सम्बन्ध बहुत किस्मत से बनते है। सोमा 'आगमन' में है और 'आगमन' परिवार की महत्वपूर्ण एवं लोकप्रिय सदस्य है, मुझे सोमा पर गर्व है।

'भावो का चितेरा' काव्य संग्रह में सोमा ने अपने दिल के उद्‌गारों को शब्दों के रूप में अभियक्ति दी है, सोमा का इस प्रयास का काव्य जगत में स्वागत किया जायेगा।

सोमा को अशेष शुभकामनायें

—पवन जैन

अनुक्रमिका

फलसफा जिंदगी का	13
एहसास	14
इंतजार	15
व्याकुलता	16
यादें	17
गरीबी	18
मीमांसा	20
बसेरा	21
भिखारी	22
अरमां'	23
शिकायत	24
फुहार	26
विडम्बना	27
क्षितिज	28
तपन	30
भोर	31
क्या लिखूं?	33
बारिश	36
माँ–पापा	37
हम–तुम	38
हाँ मैं समिधा	40
प्रलयंकारी बाढ़	41
खोखले रिश्ते	43
बस यूं हीं	45
स्मृति	46
एहसास तुम्हारे	47
कसक	49
नन्ही कली	51
ऐ सुनो न	52
जिन्दगी	53
हैरान हूं	55
मनःस्थिति	56
राजा बेटा	57
मोहरा	58
तुम्हारी पगली	59
फासले	60
डोर	61
ख्वाब	62
सैनिक की पत्नी	64
धुंध	66
उदास राहें	67
फूलों की क्यारी	68
दोहरी जिंदगी	70
पति–पत्नी	71
बदलता दौर	73
सूकून	74
हकीकत	75
अतीत	77
पी की पाती	78
साथ	79
विश्वास	80
चाहत	81
विक्षिप्त	83
जाने क्यूं	85
दर्पण	87
माँ	89
सागर	93
मन मृगतृष्णा	96
पर्यावरण	98
तिरंगा	101
26 जुलाई कारगिल दिवस	103
युवाशक्ति	106
उड़ान	108
मंजिल	110
चांद	111

फलसफा जिंदगी का

जिंदगी को कुछ इस तरह आसान किया मैंने
कुछ से मांगी माफी, कुछ को माफ किया मैंने।

थीं कुछ जरूरतें इस सफर में खास
कुछ जरूरतों को भी भुला दिया मैंने।

गैरों ने बरसाए करम बेपनाह
अपनों के बेहिसाब सितम को भी जिया मैंने।

अपने हिस्से का अमृत पिलाया कितनों को
जहर कितनों का, हलक तक पीया मैंने।

छीन ली किसी ने जिंदगी भर की खुशी मेरी
उनकी खुशी में ये भी छिन जाने दिया मैंने।

सफर मेरा सैलाब में तो गुजर गया पर सुकून
साहिल पर जब डुबोया, डुबोने दिया मैंने।

फलसफा मेरी जिंदगी का निकला बहुत अजब
लिखना था बहुत कुछ, बहुत कुछ छुपाया मैंने।

जिंदगी को कुछ इस तरह आसान किया मैंने,
कुछ से मांगी माफी, कुछ को माफ किया मैंने।

एहसास

तेरी यादों के पंख लगाकर,
मनपंक्षी उड़ता गगन में
मैं पगली यहां बैठे सोचती,
मिलन के क्षण को मन में।

भावों के पंख लगाकर मैं,
पास तुम्हारे जाती हूं
अपने मन की चाहत को,
तुम तक मैं पहुंचाती हूं।

लेकर सुवास तुमसे फिर वह,
पास हमारे आता है
तेरी चाहत के फूलों को,
मुझपर वह बरसाता है।

उस 'सुवास' से पुलकित मैं,
फिर तुममें हीं खो जाती हूं
लिपट तेरी कंचन काया से,
गहरी मैं सो जाती हूं।

ऐ सोते–जागते, उठते–बैठते,
यादों में तुम, छाते क्यों?
मैं पूछूं? मेरे पगले पिया,
इतना मुझे सताते क्यूं?

इंतजार

शादी के कुछ दिन बाद हीं दिल टूटा, हो गया तार–तार,
पाकर पति का अपने, ये बेशकिमती उपहार।

न सोमवार और न ही मंगलवार,
मेरे हिस्से आया, बस इकलौता रविवार।

जिसका हर सप्ताह करती, मैं बेसब्री से इंतजार,
लेकिन ये भी नहीं आता, हिस्से मेरे हर बार।

कभी मीटिंग, तो कभी मुआं मैनेजर,
खा जाता मेरा सुकून, कई बार।

पल बीता, दिन बीते, बीते सपने हजार,
हो न सकी मैं फिर भी, उनके सीने के आर–पार।

अब तो ये आलम है कि थक चुकी हूं मैं,
और बच्चों ने भी मान ली है, अपनी हार।

क्योंकि उन बेचारों के पापा, करते ही हैं,
आ जाने के झूठे वादे, हर बार।

व्याकुलता

वक्त धुंधला सा हमें, कुछ याद दिलाता है,
फिर गम–ए–अश्क को, मेरे दामन में यूं छिपाता है,
जैसे किसी टूटी टाट पर, मखमली पैबंद लगाता है।

समय का कारवां, अनवरत चलता जाता है,
मन मृगतृष्णा की भांति खुद को,
मरुस्थली में भटकता पाता है।

मन परिंदा उड़ने को, उन्मुक्त गगन चाहता है,
फिर मायूस सा खुद को, इस धरा पर ही धरा पाता है।

अन्ततः, न कोई चाह न उमंग, न कोई रासरंग,
बस बियाबान सा, जीवन और एकांतवन

'मन की मौन धरा में व्याकुल,
तपती, बुझती और ढल जाती
दूर जल रही, किसी दीपशिखा सी,
जलती बस जलती जाती 'सोमा'।'

यादें

यादें एक गहरा समंदर है
कल्पनाओं को डुबोया,
जिसके अंदर है
गहराई के गर्भ में जाकर भी
न उसके अंक में,
ये समा सका।

सीप में बंद मोती सा उभर कर,
फिर सामने आ गया
चंदयाली रात में,
यादों के समंदर में,
मन रूपी रेत पर
जब वो मोती
दूधिया सा चमकता है।

रेत के उस रंगमंच पर,
यादों का कारवां
किसी नृत्यांगना के
पैरों की घूंघरू सा,
थिरकता है।

गरीबी

अजीब है, मानवीय संरचना,
कैसे करूं इसकी अभिव्यंजना?
कहीं कुबेर का भंडार,
तो कहीं दम तोड़ती गरीबी
होकर बेबस और लाचार।

ईश्वर की यह रचना अजीब है,
कोई अमीर, तो कोई गरीब है
यह कुछ और नहीं,
बस अपना अपना नसीब है।

कहीं हास्य क्रीड़ा और मनोरंजन
कहीं विचलित कर देने वाला,
करूणमय क्रंदन
कहीं अमीरों के पत्तल का जूठन
बनता गरीबों के लिए, अमृत तुल्य भोजन।

दें डाली क्यों?
अमीरों की झोली में खुशियां सारी
भूखे नंगों के हिस्से आयी,
बस गरीबी की महामारी।

कहते हैं, चहुंओर फैला है भ्रष्टाचार,
सृष्टि के रचयिता ने ही
जब किया अपनी रचना पर अत्याचार

वैमनस्यता का जहर
फैला है चारों ओर
दबी दबी सी आह में,
बिलखती गरीबी का
बस शोर।

ऊंच नीच का जहर,
इंसान को, जानवर की
श्रेणी में ले जाता है
धनवानों को छोड़,
यह गरीबों पर
अपना कहर बरसाता है।

जिस जहर को पी,
इंसान को इंसान मारने की
आदत सी पड़ जाती है
वैमनस्यता की टाट पर,
बस गरीबी ही तो चरमराती है।

इन जहरों पर अंकुश,
अब बहुत जरूरी है
क्या इसके हत्थे गरीबों का ही
चढ़ना बस जरूरी है?

मीमांसा

इच्छाएं अनन्त की, दायरों में जीवंत सी
मेह की ईप्सा में, कलापी के पंख सी।

उत्कंठित भावनाएं, लहरों सी बनती मिटती
किनारे पर आकर जो, शांत जल सी सिमटती।

अथाह का जो उफान है, तट पर वो निष्प्राण है
अपनी ही तिश्नगी का, अब तक न अनुमान है।

कोरे कैनवास सा यह, रंग स्याही का मैं भरूं
आएगा हमारा भी वक्त, सोंचती बस ये फिरूं।

उठती है कलम जब, कोरी कागज की रेत पर
लहरें मिटाती हैं, जिनको एक एक कर
गढ़ने तस्वीर इक नई,
सूनी रेत कैनवास सी पड़ी।

बसेरा

कल्पनाओं की मुंडेर पर,
भावनाओं के ढेर पर,
यादों का डेरा है,
मन पंछी का बसेरा है।

सूर्य की किरणें जब,
पड़ती उस डेरे पर,
कलरव सी होती तब,
मन के बसेरे पर।

असंख्य तिश्नगी
पलकों पर जीये,
भरता उड़ान वह,
नभ के लिए।

पंख अपने फैलाता संकुचाता,
सूने व्योम में वह,
भटकता सा नजर आता।

भिखारी

मन में शोर, समंदर सा है,
बोझ ह्रदय पर, गिरी सा भारी।

नयन कोर भीगे, मेरे जल से,
विचलित मन हुआ, पलकें खारी।

मन में इक तूफान उठा है,
कुदरत भी, निष्ठुर है बड़ी।

तीन पहिये की, टूटी गाड़ी,
चला रहा था, एक भिखारी।

खुद तो बोझ, धरा पर था वह,
ढोए जा रहा था, विपदा भारी।

वो बेचारा, दीन हीन,
साथ था जिसके, चक्षु विहीन।

अर्धनग्न सा वो, अब्तर नर,
छिपा रहा, चिथड़ों में कलेवर।

हाथ में एक टूटा कटोरा,
याचना थी, दे दो थोड़ा।

अरमां

टेढ़ी मेढ़ी पगडंडियां थी,
पर थे सीधे रास्ते
उद्विग्नता मन में लिए,
चल पड़ी थी जिसके वास्ते।

ख्वाब पलकों पर सजाए,
मुस्कान होंठों पर लिए
सज रहे थे स्वप्न कुटीर में,
अरमान नये मीठे मेरे।

क्षणभंगुर थे ख्वाब मेरे,
सच समझ बैठी थी मैं
आशा दीप मन में जलाए,
पथ प्रज्जवलित किए थी मैं।

राह में टूटे वो ख्वाब,
चेहरे से उठ गया नकाब
विवशता सामने थी खड़ी,
भावविह्वल मैं रो पड़ी।

स्वप्न का टूटा था दर्पण,
गहरी थी पग में चुभन
बेबस सी खामोशियां थी,
और, अरमानों के चिथड़े पड़े।

शिकायत

जिन्दगी महज इक,
शिकायत का नाम
जिसने हमेशा किया,
हमें बस बदनाम।

हारकर भी जिसको,
मैं जीती रही
मायूसी का विष सर्वदा,
मैं पीती रही।

इसलिए तो आज,
बेचैनी, मायूसी और सूनापन,
इनका स्टोर रूम
बना बैठा है हमारा मन।

अंधेरी कोठरी और
ये कोने में पड़ा
प्रतीत हो रहा जैसे,
बेजान बुत है कोई खड़ा।

न हलचल न कौतूहल
हो रही अंदर मगर,
जैसे कोई उथल पुथल

सामने रखी मेज पर अतीत एक किताब
परत दर परत पढ़ी
वक्त की धूल का,
जैसे मिला उसे खिताब।

उदासीनता वक्त की धूल
हटाने को उतारू बड़ी,
बातें पृष्ठ दर पृष्ठ खुलकर,
सामने आ खड़ी।

वर्तमान और अतीत के मध्य,
द्वंद्व युद्ध है छिड़ी ,
सामने बुत बनी मैं,
बस अनमनी सी पड़ी।

क्या खोया? क्या पाया,
बेबुनियाद तथ्यों पर,
उम्र मेरी हुई जाया।

फुहार

इंतजार को उम्मीद होती है,
और उम्मीद को एतबार
एतबार में ख्वाहिशें छुपी होती है,
और ख्वाहिशों में सपने हजार।

हमारे इंतजार के हद को,
लो, अब मिला विराम!
उनके आने का जो,
सहसा मुझे मिला पैगाम।

बैठी दर्पण के सामने,
अपनी बिखरी
छटा संवारने
कजरा, गजरा, कंगना
और बिंदिया से,
किया सोलह श्रृंगार।

क्योंकि,
बूंदों की प्यासी,
सूनी धरती पर
बरसने वाली थी,
रिमझिम फुहार।

विडम्बना

असंख्य तारों के बीच
खड़ी मैं, तुम्हें निहारती
और तुम भी अटखेलियां करते
उस चित्तचोर चांद की तरह
कभी दृष्टिगोचर होते,
तो कभी बादलों की ओट में
छिप से जाते
या,
फिर मैं वो चकोर जो अपलक
अपने चांद को तकती,
मन में उसे पाने की चाह लिए
निर्मोही चांद क्या
इस चकोर की प्यास बुझा सकता है?
नहीं,
शायद हम उस क्षितिज की तरह,
जो मिलते से प्रतीत होते,
पर मिलते नहीं

आह,
कैसी विडम्बना है ये।

क्षितिज

जीवन में जब सवालों का
तूफान उठने लगता है,
व्याकुल मन की चाहत
आहत होने लगती है
अंदर कुछ कह गुजरने की
लालसा तीव्र होती है

तब भावनाएं मन के
दरवाजे पर दस्तक सी
दे जाती है और फिर,
दायरे में सिले लबों पर,
आकर ठहरती
कुछ न कह पाने की टीस,
मन को उद्विग्न कर देती है।

जाने क्यूं अधीर सी,
अपलक निहार रही हूं
उस अधूरे मिलाप की,
सच्ची गाथा को
जो अपूर्ण होकर भी,
पूर्णता का परिचायक है।

अक्सर लोगों को कहते सुना है
वो देखो,
'धरती और आकाश का मिलन'
बड़ा अजीब लगता है
क्षितिज की ओर देखते रहना

परन्तु,
आज बात ही कुछ ओर है
उस अधूरे मिलाप की,
जो बिल्कुल
हमारी और तुम्हारी तरह हैं।

जिसपर सूर्य की रक्तिम आभा,
अपनी छटा से
लाल चुनर बिखेर कर
धरती को दुल्हन बना
अंबर के साथ प्रणय सूत्र में
बांधने को आतुर है।

जलधर भी अपनी गर्जना से
मंत्रोच्चारण कर रहा है
दामिनी भी दमक दमककर,
इस अद्‌भुत विवाह समारोह
की शोभा बढ़ा रही है।

परन्तु, आह!
ये बारिश बरसकर,
धरा कि अतृप्त प्यास को
शांत कर रही है
क्योंकि, शायद उसे ही,
इस मिलन के पराभव
का आभास है।

तपन

आतप की तपन से
झुलस रहा है बदन
बेबस वसुधा हीं नहीं,
तप रहा है गगन।

आ जाए कहीं से,
मदमस्त सी बदरी
उमड़ घुमड़ छा जाए,
जो धरा पर घनेरी।

आच्छादित जो गगन पर हो,
अपनी काली घटा लहराए
मनमोहक रमणी मानो,
जुल्फ है बिखराए।

प्रकृति का वक्षस्थल
जिस रूप पर इतराए
घनघोर बरस कर वो बदरी,
ये उमस सी तपन,
शांत कर जाए।

भोर

उम्मीद के तिनके के सहारे,
समंदर सा सफर
तय करती रही
दर्दे जख्म दिए जिसने बेपनाह
दवा की गुजारिश,
उनसे हीं करती रही।

सब्र से किया जिस वक्त का इंतजार
वक्त वो भी,
अब रो रहा जार–जार
उम्मीद की नहीं है कोई किरण,
सीने की चुभन बन गई है घुटन।

घड़ी की टिक–टिक से
तेज है जिन्दगी की रफ्तार
उम्र ढलती शाम है,
जतला रही बार–बार
वक्त कहता अब भी
संभल जाओ
हमारी अहमियत,
अब तुम जान जाओ।

फिर न कहना कि देर हो गई
उम्र तुम्हारी यूं ही,
अंधेर हो गई

काश, नाउम्मीदी के
ये घने बादल हट जाएं,
हमारे अन्तस्थ में
उम्मीद के चिराग झिलमिलाएं।

खुशियों की नई शोर हो,
हमारे मन कानन में
ढलती शाम की,
अब नई भोर हो
हमारे भी आंगन में।

क्या लिखूं?

सोच रही हूं, कुछ लिखूं
पर,
क्या लिखूं? कैसे लिखूं?

अतीत की खोलूं गांठ,
उसे वर्तमान में लिखूं
या कोरी कल्पनाओं का
सजीव चित्रण
कोरे कागज पर लिखूं
क्या लिखूं? कैसे लिखूं?

दिलों को छू लेने वाली
कोई ऐसी व्यथा लिखूं,
या हृदय को झंकृत करने वाली
आत्मकथा लिखूं
क्या लिखूं? कैसे लिखूं?

खुद को लिखूं, तुमको लिखूं
अधूरे स्वप्न का पूरा आयाम लिखूं
आघातों पर आघात लिखूं
या बिखरा संसार लिखूं
क्या लिखूं? कैसे लिखूं?

किस–किस की बात लिखूं
कुंठित कलम हाथ में लेकर

कवियों की खुबसूरत रचनाओं का
अप्रतिम संसार लिखूं
क्या लिखूं? कैसे लिखूं?

किस–किस का व्यवहार लिखूं
जो हो, बेहद मर्मस्पर्शी
विचारों को आत्मसात करने की
जिसमें हो शक्ति,
मेरी संपूर्ण भावनाओं की
जो हो अभिव्यक्ति,
क्या? मैं उसको लिखूं
क्या लिखूं? कैसे लिखूं?

मन का उद्‌गार लिखूं, या
हृदय का हाहाकार लिखूं
क्या लिखूं? कैसे लिखूं?

सोच–सोच मन घुन जाता है
रात रात पलकें खुल जाती हैं,
खोए हैं जो स्वप्न सजीले
कुछ तो शेष रहा नहीं,
बन गये इक गांठ गठीले
क्या? उस उलझन की बात लिखूं
क्या लिखूं? कैसे लिखूं?

बारिश

अंबर में है रचा स्वंयवर
ये कैसा है, रूप मनोहर
वारिधर क्यूं कर रहा है हलचल,
कैसा है ये, अनुपम कौतूहल।

लो घनघोर घटा अब छा ही गयी,
मदमस्त हो वो लहरा ही गयी
झमझम कर बारिश शुरू हुई,
रिमझिम बरस कर जो उतर रही।

फुहार, जो छू रही धरा को
सौंधी खुशबू बिखर रही
नहा कर मीठी रिमझिम, इस बारिश में,
प्रकृति नववधू सी निखर रही।

ओढ़े, हरियाली की चुनर
वसुधा, शर्माई सी है सिमट रही
देख प्रकृति का स्वछन्द स्वरूप,
मन हो गया मेरा मंत्रमुग्ध।

माँ-पापा

'शैल' कितने झंझावत हैं
इसने सहन किए,
फिर भी अडिग रही वो
धरती के वक्षस्थल पर
जहां धरा ने है,
इसको धारण किए।

'शैल' को है
अपने पाषाण रूप,
पर भी अभिमान
क्योंकि,
'रवि' अपनी लालिमा से,
उसके मस्तक पर,
होता शोभायमान।

है वो पाषाण,
दिखती बड़ी आसान
टूट कर बिखर जाए,
तो भी क्या होगा
'रवि' अपनी लालिमा
सदा उसके टूटे टुकड़े,
पर भी बिखेरेगा।

'शैल' जो है जननी हमारी
'रवि' को शिरोधार्य कर जिसने

अपनी सारी खुशी उसपर है वारी
उसी 'रविशैल' के चरणों में आज,
मैंने अपनी रचनाओं की,
सारी वाहवाही है दे डारी।

हम तुम

हम और तुम, नदी के हैं दो किनारे
नियति में नहीं था मिलना हमारे
चित्त उद्‌गम से ही साथ रहे,
प्रवाहिनी की धारा के साथ बहे।

सबने देखा सबने जाना
पर, हमारे अन्तस्थ में छिपी
वेदना को किसी ने नहीं माना।

रस्मों रिवाज, अपने पराये
हमारे बीच सब ऐसे आए
जैसे प्रवाहिनी में उफान,
निस्तब्ध से हम हो गए परेशान।

फिर ऐसा अलगाव हुआ
अनिश्चिंताओं का आविर्भाव हुआ
इस जघन्य विस्तार से,
हम और तुम ऐसे दूर हुए
प्रवाहिनी में उठे उफान को,
बांधे रखने को मजबूर हुए।

मन की असीम प्यास भूल
मिलने की आस भूल,
हम जो दूर हुए
लहरें शांत हुई।

हम नहीं मिलेंगे क्योंकि
हम दोनों दो किनारे हैं
नियति में नहीं,
मिलना हमारे है।

साथ बहेंगे, साथ रहेंगे
दूर तक अंत तक,
अगोचर चिर सहचर बनकर।

हाँ मैं समिधा

हाँ मैं समिधा,
जिसकी नियति ही है 'आत्मदाह'
किससे कहूँ मैं अपनी व्यथा

सज सँवर कर मैं सुसज्जित,
अग्नि को होती मैं समर्पित
'स्व' के आत्मदाह से,
होती मैं हर क्षण व्यथित

फिर भी जलकर
हूँ जो बुझती
हो उठती हूँ सुगन्धित।

प्रलयंकारी बाढ़

लोगों की बर्बादी का देखा,
आज जो हमने मंजर
उदासीनता का गहन एहसास,
प्रविष्ट हुआ हमारे अंदर

विवश हूं लिखने को आज,
व्यथित हृदय का वृत्तांत
किस तरह हुआ है जनमानस,
बाढ़ की विभीषिका से आक्रांत

क्योंकि, यह त्रासदी है,
जनजीवन पर प्रकृति का प्रहार
मचाया है जिसने घोर रूदन,
विलाप और हाहाकार

इसकी विनाशलीला के आगे
हतप्रभ सा मानव है,
बेबस और लाचार
बाढ़, भूकंप और भूस्खलन
इससे हुए विनाश का,
कैसे करे मनुष्य आंकलन।

ईश्वरीय रचना के साथ,
जो मानव करता है खिलवाड़
इसलिए तो सजा स्वरूप,

ऐसी विध्वंसता पाता है बार–बार
ऐसी जो आपदा आती है,
ईश्वर की चेतावनी जतलाती है
संभल जाओ ऐ मानव दुराचारी,
हो गए हो तुम
बहशी, जानवर और अत्याचारी

इतनी विपदाएं क्या कम नहीं,
क्युं करते हत्याएं?
लूटपाट और दुष्कर्म सभी
मैंने तो दिया है,
सुंदर और समृद्ध संसार
तुमने ही क्षत–विक्षत किया,
करके घोर पाप और अत्याचार।

खोखले रिश्ते

अपनेपन का दंभ
सर्वदा मैं भरती रही
मेरे अपने हैं सब,
इस भ्रम में पलती रही

प्रेम से रिश्तों को जीतने की
बेबुनियाद परिभाषा,
फिर मैं गढ़ती रही
रिश्ते तीखी मिर्च हैं,
इस सच से अबतक,
अनभिज्ञ मैं होती रही

नाज था जिन रिश्तों पर,
सब निकले खोखले
रिश्तों में जी कर भी
बेजान हैं, अब हौंसले
छोटी सी 'अर्थ' की एक बूंद,
रिश्तों की परिभाषा का
सच समझाती रही

भ्रमित नीर से सिंचित
रिश्तों की खेती,
क्यूं? जिन्दगी बेवजह
अपने कंधों पर ढ़ोती रही
कहने को आज भी हैं,

सब मेरे अपने
पर दिल देखता नहीं,
अब उनके सपने
उनकी आंखों में अपने लिए,
बस बेरूखी हीं झिलमिलाती
प्यार तो कोसों दूर कोने में,
कैद सी है नजर आती

कैद क्योंकि,
नये रिश्ते पुराने रिश्तों पर
हावी से हो गये हैं
प्रेम, स्नेह और आदर
उनके वशीभूत जो हो गये हैं
सच तो यह है कि,
कोई किसी का नहीं होता
चोला हटाओ तो हर इंसान,
लग रहा है नंगा ही तो है होता।

बस यूं ही

आज शाम
सवालों के लहरों को,
अपने अन्तस्थ में थाम
बैठी इंद्रधनुषी अंबर के नीचे,
सतरंगी सपनों को,
अपने नयनों में मींचे।

छू गई तन को मदमस्त बयार,
थोड़ी अल्लहड़, थोड़ी खुशगुमार
मूड था उसका बड़ा अजीब,
थोड़ी नटखट, थोड़ी बद्‌तमीज
मैं भी अड़ी थी अपनी जगह,
छेड़े जा रही थी मुझे बेवजह
थी मैं, अपनी तन्द्रा में लीन
गुमसुम सी होकर मैं खिन्न
सरकाया जो उसने
झोंके से दुपट्टा मेरा,
तन्द्रा भंग हुई
सहसा चौंका मन मेरा

वो मदमस्त बयार
संग लाई थी अपने
मेरे प्रिय के,
सामीप्य की बहार।

स्मृति

पुरानी यादों के समंदर में
आज फिर
मन है खोया सा
यादों की लहरों के
नीले अवगुण्ठन में
सिन्दूरी ख्वाब
मानो रक्तिम सूरज
कोई खिलता सा

हमारी बेकल, विह्वल उंगलियां
बावली बन
रेत पर तुम्हारा नाम
लिखती हीं जाती
यादें प्रेम के खूबसूरत मंजर का,
दिल को फिर
एहसास कराती हीं जाती

फिर मैं,
खिन्न, उदासीन, विस्मित
और कुछ आहत सी,
अपनी उंगलियों की धृष्टता को जान
चौंककर, तुम्हारा नाम
रेत पर से हूं मिटाती सी।

एहसास तुम्हारे

वक्त बेवक्त यादों की गलियों से,
गुजरते हुए तुम
मन के झरोखे से
जो आज भी झांक जाते हो,
सोई मेरी बेचैन रूह को
हौले से जगा जाते हो

गलियों से गुजरते हुए,
तुम्हारे कदमों की आहट
भरमाती है सांसों को, कि
तुम यही कहीं हो, यहीं कहीं हो

मुझमें ही समाहित हो
तुम सिर्फ मुझमें ही तो हो
क्योंकि,
तुम मैं हूं, और मैं तुम

मैं तुममें जीती हूं, तुमसे जीती हूं
मेरी हर सांस भी तुम, प्यास भी तुम
मेरे एहसास तुम, मेरे लिए खास भी तुम
मेरा दर्द तुम, मेरी दवा तुम
लफ्ज तुम, अल्फाज तुम
मेरी हर बात तुम, जज्बात भी तुम
मेरा ख्वाब तुम, मेरी हकीकत तुम

साज तुम, आवाज तुम,
धुन भी तुम, राग भी तुम
कलम की स्याही तुम,
स्याही से अंकित पंक्ति तुम
मात्रा तुम, अक्षर तुम
वाक्य तुम, विराम भी तुम
विलोम तुम, पर्याय तुम
जान तुम, पहचान तुम
दिल तुम, धड़कन भी तुम

तुम नहीं हो, फिर भी
मुझमें व्याप्त हो तुम
जिस तरह जल पर वार कर,
उसकी धार को अलग करना
नामुमकिन है
वैसे तुमको मुझसे
कभी नहीं,
अनन्त में विलीन हो जाऊं
तब भी नहीं।

कसक

इक मलाल क्यूं जीवन में उठता है
इक दर्द क्यूं सीने में पलता है
इक कसक, जो मन में उठती है
शिकायत बन, जिंदगी से कहती है।

ये क्यूं?
क्यूं?
सवाल बनकर
मेरे अन्तस्थ की परिक्रमा करता है
मीठी तड़प बन,
जो धीमी–धीमी सी आह भरता है

ये क्यूं?
जिन्दगी को,
बस एक जीवन मिलता है
फिर,
वो जीवन अनचाहे
जाल बुनता है

जिन्दगी, उसमें उलझ सी जाती है,
सांसें, परिंदा बन फड़फड़ाती है
फिर भी
हर रोज, जिन्दगी किसी आस में,
पिरोती उम्मीद की माला,
हर इक सांस में

हर रात गुजरकर,
इक नया सबेरा लाती है
पर शाम ढलकर,
न जाने क्यूं?
फिर अंधेरा फैलाती है।

नन्ही कली

ऐ मेरी नन्ही कली,
पहली बार जब तू
मेरी गोद में मचली
उस एहसास को,
उस मीठी याद को
मैं आज तक नहीं भूली

तुम्हारी हल्की मध्यम आवाज
मेरे कानों में ऐसी घुली,
जैसे कोयल की मीठी बोली

तुम्हारे सुंदर कोमल हाथों ने
जब मेरे तन को छुआ,
मां होने का खूबसूरत एहसास
मेरे मन को हुआ

तुम्हारी किलकारियों से,
गूंज उठा घर मेरा
जैसे निशा के आगोश से
निकलकर खूबसूरत सवेरा

न जाने देखते ही देखते
कब तू, बड़ी हो गई
मेरे समक्ष मेरी ही
छवि बन, अब तू
खड़ी हो गई है।

ऐ सुनो न

क्या तुम समझते हो?
हमारे मौन मन की उलाहना

तुम्हारे आते हीं,
छिपते छिपाते ही
थोड़ी शर्माकर,
थोड़ी कुम्हलाकर
आकर धीमें से
बैठती है,
जो तुम्हारे सिरहाने
मौन रहकर भी,
मुखरित होती है
गिरती उठती पलकें
हौले से कुछ कहती है
गर्म सांसें लिए,
जो तुम्हारे सीने में सिमटकर
इक लंबी आह भरती है

चुप रहकर भी,
जिसकी धड़कने तुमसे
मूक वार्तालाप करती है
भाषा तुम भी उसकी
शायद समझते हो
अनजानेपन का किन्तु तुम,
न जाने क्यूं?
स्वांग रचते हो।

जिन्दगी

मौकापरस्त हैं लोग
इस निढाल सी जिंदगी के
खुद परेशान हैं जिंदगी,
इस बेजान सी जिंदगी से

आरजूऐं कराहती है,
ख्वाईशें रोती है कहीं
मर्म हृदय का मेरे,
जान सकता क्या कोई?

चुप्पी क्या तोड़ेगी
दरो दीवार की जंजीरें
बेड़ियां पांव में है पड़ी,
बदहवास है जिंदगी
अपनी इच्छाओं को मारकर
जिस्म उसका,
सीने में है दफन किया
मरकर भी चाहतें मेरी
कर रही जिन्दगी का शुक्रिया

चाहा था क्या?
क्या दिया जिन्दगी तुमने?
घुटन और कचोट की इक सांस
बस कैद है, जिस्म में

दफ्न ख्वाईशों के धड़कने की
आवाज आ रही है अब भी
दिल के बेचिराग गलियों में,
ऐ! जिन्दगी
तुम्हें, ढूंढती मैं आज भी।

हैरान हूं

कर्त्तव्य की बेदी पर बैठे लोगों को
कब कहां आराम है
जद्दोजहद के साथ जिंदगी को जीना
हम जैसों का महज काम है

ऐ जिन्दगी, ऐसा भी नहीं कि
तुमसे बहुत परेशान हूं मैं,
बस कुछ अपनों के रवैये से हैरान हूं मैं

वैसे बड़ी चालाक है तू जिंदगी,
हर रोज, नया कल देकर
छीन लेती हमारा आज तू जिंदगी

मानती हूं, जिंदगी की परीक्षा में
कोई नंबर तो नहीं मिलता,
पर,
लोगों के दिल के, किसी कोने में
अगर थोड़ी सी जगह मिल जाए,
तो समझ लीजिए,
हर घड़ी आपको अव्वल अंक हैं मिलता

हंसता हुआ मन और हंसता हुआ चेहरा,
यही सच्ची संपत्ति,
मैंने आज तक अर्जित की है,
इस पूंजी को कमाने में ही हमनें
अपनी पूरी जिन्दगानी अर्पित की है।

मनः स्थिति

शामें तन्हां हैं,
फिर ख्वाबों का इंतजार
जिन्दगी कट रही यूं ही
बेमुरव्वत सी होके जार–जार
कशमकश में हैं सांसें,
दफन सीने में जलते अरमां
वक्त ने बदला जिंदगी का
है, रुख कैसा?

काटे नहीं कट रहा
विवश, जीवन का कारवां
अरमानों की सजाकर खूबसूरत चिता
जला डाला उम्र और यौवन मेरा
दहकते अरमानों की उस चिता में,
पिघलती 'सोमा' मोम सी
है इस निशा में
सुबह, ओस सी ठंडी
अरमानों की उस राख से,
चुनती एहसासों की अस्थियां
बोझिल पलकों की शाख से
बहाती अश्रु गंगा में,
हर रोज ख्वाबों की अस्थियां
हो गई है, टूट कर चकनाचूर
अब 'सोमा' की, मनः स्थितियां।

राजा बेटा

मम्मी की जान, पापा की शान
दादा का वंश चिराग
अपने नाना के है जिगर का टुकड़ा,
हमारा राजा बेटा 'यश राज'

दादी का नूनू, नानी का सोनू
फूआ की है, जान
दीदी के लिए, उसका गुंडा भाई,
उसका है अभिमान

मासी का दुलारा, मामा का प्यारा
चाचा की है आन
युग–युग जिए हमारा राजा बेटा,
बढ़ाए अपने पापा का मान सम्मान।

मोहरा

जिन्दगी की शतरंज का,
मैं महज इक मोहरा
भाग्य चलता चाल,
हर बार जिस पर दोहरा
उसकी चाल का ही तो,
मैं बस शिकार हूं
उसके हाथों स्वीकार्य
तो कभी अस्वीकार हूं

हर बार अपनी चाल पर,
बुनता ये इक महाजाल
फंस सी गई है जिंदगी,
होकर बेबस और बेहाल
तोड़ न पाऊं क्यूं मैं
इसका बनाया चक्रव्यूह
फंस सी जाती हूं
इसमें मैं, न जाने
हर बार क्यूं?

तुम्हारी पगली

तुम्हारी पगली हूं,
बहुत अकेली हूं
खुद में सिमटती बस
इक उलझी पहेली हूं

जिसकी कल्पनाओं का अंत नहीं,
जीवित होकर भी
इच्छाएं जीवंत नहीं
सवालों के मध्य
हर वक्त घिरी रहती हूं

कहीं किसी कोने में,
बोझिल सी पड़ी होती हूं
हर पल मन इक सवाल करता है,
सच मानो तो तुमसे भी
कहते हुए डरता है
कि,
क्यूं हमारे बीच की दूरियां
होती कम नहीं

क्या विचलित करने वाले
हमारे इन फासलों का,
कहीं कोई अंत नहीं
पूरी होकर भी,
अधूरी सी लगती हूं
तुमसे दूर बस,
तुम्हारे लिए पगली बनी
तड़पती हूं।

फासले

बढ़ती गई दूरियां हमारे बीच,
मिटते गये हम फासले बन
न तुमने बढ़ाया एक कदम,
न हमने हीं बढ़ाए अपने कदम

फिर भी कहूं क्या मैं तुमसे,
मेरे बगैर न हो तुम कुछ भी
तुम्हारे बगैर कुछ भी न हम
कहो न तुम
क्यूं दिया फासलों का दर्द,
जो अबतक
हो सका है न कम

ओढ़ कर चुनर, आई संग तेरे
कितने अरमां पलकों में थे मेरे
सब टूटकर चकनाचूर हुए,
जो तुम मुझसे यूं दूर हुए
काटा है गृहवास हमने,
अबतक सत्रह साल का
क्या इक पल भी ख्याल है
तुम्हें, हमारे इस मलाल का

अब तन और मन
दोनो से थक चुकी हूं मैं
तुमसे दूर बस, इक जिंदा लाश
अब बन चुकी हूं मैं।

डोर

जिन्दगी की डोर
कभी इस ओर,
तो कभी उस ओर
न कभी थामा हमने ही इसे,
न तुमने ही थामी
कभी इसकी डोर

सांसों की तपिश को,
बांधे हीं रही चुप्पी मेरी
बनकर शांत सरोवर की छोर
आह्लाद जीवन में मेरे,
उद्विग्नता बनकर ही रही
तुम्हारी होकर भी मैं,
पूर्णतः तुम्हारी न रही

क्यूं किया हमने बेवजह,
निगोड़े वक्त का इंतजार
जो कभी आया न हिस्से मेरे
बनकर वसंत की बहार।

ख्वाब

हसीन ख्वाब मेरे,
पर हकीकत नहीं
पलकों तले सिमटें कहीं
पा लूं उसे नियति नहीं,
खो दूं उसे मुमकिन नहीं

हां वो सुखदायी एहसास,
स्वप्न में था जो बेहद खास
था एक अनदेखा विश्वास
वो शख्स था मेरे साथ
हृदय के बेहद पास

देख उसे धड़का सीना,
माथे पर आ गया पसीना
सामने पाया जो उसको,
रोक नहीं पाई मैं खुद को

निरू शब्द हुए मौन मेरे
पलकों पर अश्रु घनेरे
व्यथाएं हृदय में भरी
बिना कुछ कहे आंखें,
बस रो पड़ी

ख्वाब ही सही,
पर हसीन तो थे

हां,
सांसों की आवाजाही मेरी
माना थोड़े गमगीन तो थे

क्यूंकि,
रू ब रू थी मैं जिनसे
वो कोई और नहीं
हमारी जिंदगी हीं तो थे।

सैनिक की पत्नी

मैं सैनिक की पत्नी,
हर झंझावातों से
सीखा है लड़ना
परिस्थितियां हो चाहे विषम,
डगमगाऐंगे न कभी पर मेरे कदम

मैं सैनिक की पत्नी,
मातृभूमि की खातिर मैं
अपना सर्वस्व लुटाऊंगी,
पलकों पर कभी न मैं अपनी
दर्द की एक नमी भी लाऊंगी
माना पीड़ा होगी कम नहीं,
पर आंखें होंगी नम नहीं
आह्लाद बने गर मन का विषाद,
टूट भी जाएं सारे ख्वाब

फिर भी,
मैं सैनिक की पत्नी,
हर परिस्थितियों का करूंगी सामना,
पूरी हो चाहे, न हो मेरी कामना
मुकाबला करूंगी मैं डट के,
क्यूंकि सामान्य से विलग
हौंसले हैं मेरे हट के
जब छोड़ अपने बाबुल का घर,
कदम दहलीज के बाहर लाई

संग सरहदी बाबू के,
बांध कफन सर पर आई

मैं सैनिक की पत्नी,
उम्मीदों और आकांक्षाओं की,
तज, लाल चुनर घर पर आई
बन प्रेरणास्रोत अपने प्रिय का
साथ दे हिम्मत बढ़ाई
तुम मान हो, अभिमान हो,
इस मातृभूमि की शान हो
अडिग रहना प्रिय अपने कर्मपथ पर
विचलित न होना कि,
हूं अकेली मैं घर पर

तुम हो वीर चुड़ावत मेरे
परास्त करना दुश्मनों को
तुम सरहद पर,
लहराना फतह का झंडा
मातृभूमि के वक्षस्थल पर।

धुंध

दिल्ली में फैला काला धुआं
मुश्किल हुआ है जीना वहां
ये तो प्रकृति का प्रतिकार है,
होता जो उसपर अत्याचार है

प्रकृति के हित में मानव ने,
जो ली है आंखें मूंद
इसलिए तो अभिशाप स्वरूप,
फैलाया है उसने यह धुंध
कहती है प्रकृति मानव से,
मानवरूपी इस दानव से
मैंने दिया है जीवन तुझे,
क्यूं मिटाया फिर, तुमने है मुझे

स्वहित हेतु काट छांटकर,
उजाड़ डाली है बस्ती हमारी
इसलिए मेरे लिए भी लो अब,
सांसें हो गई सस्ती तुम्हारी।

उदास राहें

मन की उदास राहों पर,
सांसें चल रही इक बोझिल पथिक सी

अनजानी है डगर साथ सब हैं मगर
फिर भी न जाने क्यों?
जिन्दगी लग रही
खुद से अब हारी हुई सी

उम्र का हर पड़ाव हर पल
जिया हर एक के लिए,
अपनी खुशियां हमेशा
लोगों पर है वारी सी

ढ़लती शाम जैसी ढ़लती ये उम्र
एहसास करा रही अब हमें,
हमारे खोए हुए
एक—एक कीमती पलों की
चलते चलते राहों में,
कितने मिले कितने छूट गए
जो बेहद अपने थे वो सब
हमसे दूर हुए

अब है नये लोगों का नया साथ,
नयी चुनौतियों की नयी आगाज
रिश्तों को संभालना हुआ मुश्किल,
नये लोगों से मिलते कहां अब दिल।

फूलों की क्यारी

हमारे छत पर लगी फूलों की ये क्यारी
मेरे प्रिय की ये सब,
प्रेयसी हैं सारी
रंगीन लिबासों में ये
मेरे प्रिय को हैं लुभाती,
मुरझा गयी गर ये तो
समझो आई सामत है हमारी

आते ही छत पर हैं जाते
प्रेयसी को फिर अपनी निहारते,
प्रेम और स्नेह से फेरते उनपर हाथ
फिर करते अपनी प्रेयसी से सवालात

मेरी गैरहाजिरी में क्या?
रखा है; 'सोमा' ने तुम्हारा ख्याल
देखकर तो लग रहा
किया है उसने तुम सबका बड़ा बुरा हाल

फिर क्या
बेमुरव्वत सारी सुंदरियां
देती हैं उनको जवाब,
आपकी गैरहाजिरी में देखो
सूखी डंठल बन गयी हूं जनाब

देख कर अपनी प्रेयसी का हाल

होते क्रोध से वो लाल–लाल
ऊपर से आवाज लगाते
आओ इधर,
फिर हम तुमको हैं बतलाते

दौड़ती भागती पहुंचती मैं ऊपर,
देखकर पारा उनका
दिखलाती मैं भी,
अपने नकली तेवर

'क्या है?
क्यूं शोर मचा रहे हो,
बेवजह क्यों मुझपर चिल्ला रहे हो'
मुझसे ज्यादा क्या आपको
प्यारी हैं ये सारी
गयी थी मेरी ही मत मारी
जो, बाट आपकी निहारी।

दोहरी जिंदगी

जीती रही खामोशी से,
दोहरी जिंदगी दर्द की
सीने में तपिश माहे जून की,
चेहरे पर मुस्कराहट लिए सर्द की

लड़खड़ाने लगे कदम अब राह में,
डगर अगली न जाने कौन सी
मंजिल सामने है जानती हूं मगर
तस्वीर उसकी दिख रही कुछ धुंध सी

अक्स अपना जब देखती अब आईने में,
बदली बदली सी नजर आने लगी हूं मैं
सफर लंबा है तय किया औरों के लिए,
अब अपने सफर पर चलना चाहती हूं मैं।

पति पत्नी

उम्र का मोहताज नहीं होता,
पति पत्नी का रिश्ता
मोहब्बत परवान है चढ़ती,
जैसे–जैसे उम्र है खिसकता

बस एक सच्चा साथी होता यही
इसके आगे सब बेमायने है होता
दोपहर की कड़ी धूप कहीं ये,
तो कहीं शीतल छांव सा है होता

उम्र बेशक गुजर जाए,
दूर रहकर इससे मगर
फिर भी एक दूजे के लिए ये,
दो बदन एक जान सा है होता

क्यूंकि,
हर शिकवा, शिकायत और गिला को
ये प्रेम की गंगा में बहा दे
अपने रूठे प्रियतम को फिर,
अपने प्रणयातुर अंक में समा ले

पति पत्नी के प्यार के बीच का,
हर घुटन भी अनोखा है
कभी तपन, कभी जलन
कभी घुटन तो कभी चुभन,

हर शंकित तथ्य का
प्यार करता है शमन
रूठने मनाने के रंग से ही,
प्यार का रंग गहरा और चोखा है
इसलिए तो इनके अलावे
हर रिश्ता महज एक धोखा है।

बदलता दौर

कतरा–कतरा सुनहरी जिंदगी,
हाथों से
रेत सी फिसलती चली गई
खोली जो बंद मुट्ठी अब अपनी
तड़पती मीन सी, मैं रह गई

वक्त ले गया साथ अपने,
हसीन आरजू सब मेरी
बदलते दौर के इस पड़ाव में
ढ़लती उम्र पर, है अब नजर गई

देखा जो अक्स आईने में
चाहतें, डरकर कहीं सिमट गई
पूछा, ये वही सोम है क्या?
चमक कर जो, न जाने फिर
किधर बिखर गई

अब तो बस आह है
बीते वक्त की
जो आकर गुजर गई,
थाम सकती थी मैं भी
दामन उसका
अपनों के लिए,
मगर, पिछड़ गयी

आज वही अपने बेगाने हैं,
नये चेहरों के बस फसाने हैं
कल साथ मेरे सब अपने थे,
आज अपनों में हम बेगाने हैं।

सुकून

नजरों का सुकून क्या होता है
दुखती रग की बस दवा होता है।

बेचैन आंखों की बेकरारी क्या कहूं,
इक झलक पर, वो फिदा होता है।

जिन्दगी बीत जाए दूर रहकर बेशक,
दीदारे इश्क से वो, फिर जवां होता है।

पुरानी यादों का शुरू बस कारवां होता है,
मूक आंखों से फिर जो बयां होता है।

हकीकत

कुछ किस्से आंखों के आगे ऐसे मंडरा रहे हैं
जो मन को व्यथित और हृदय को
आहत किये जा रहे हैं

उसी के परिणामस्वरूप,
हमारी भावनाओं की ये उपज है
चन्द लाईनों के रूप में जिसे रखा,
आप सब के समक्ष है

'जो बोया वही पाया
समझ न सका कपटी मानव
कटु सत्य, की यह माया'
जन्म से मरण तक की,
है जो ये अवस्था
बड़ी अजीब है,
देह रूपी किरदार की
ये सांसारिक व्यवस्था
एक अबोध शिशु बढ़कर,
पूर्ण व्यस्क होता है
वही व्यस्क फिर,
उम्र दर उम्र घटकर
अबोध वृद्ध बनता है

मां बाप के स्नेह और पुचकार से
शिशु हंसकर,

अपनी बढ़ती उम्र जीता है
किंतु ,
उसी बच्चे की जिल्लत और फटकार से,
एक अबोध वृद्ध (मां बाप)
तिल–तिल अपनी मौत मरता है

दुःख नहीं, हंसी आती है
ऐसे लोगों की घृणित मानसिकता पर
तरस नहीं खाते जो,
अपने लाचार बूढ़े मां बाप की
वृद्धा अवस्था पर

अरे मूर्ख
जैसा आज बोओगे
वैसा हीं तो कल पाओगे
उस वक्त हीं शायद,
अपनी मूर्खता को समझ पाओगे
क्योंकि,
यही ईश्वर का नियम कानून है,
यही है सांसारिक व्यवस्था
जो आज तुमने दिया,
कल होगी वैसी ही
तुम्हारी भी अवस्था।

अतीत

अतीत की झुरमुटों से झांकती
हसीन यादों की बुलबुल,
चाहकर भी भुलने नहीं देती
उन लम्हों को,
जिसे चाहती हूं, जाना मैं भूल

देती है पीड़, नयनों को नीर,
यादों के नस्तर चुभते हैं शूल से
ह्दय में शोर, टूटी क्यूं डोर
मिलते हैं ऐसे,
जैसे नदी के दो छोर

सीने में तूफान, आंखों में उफान
मन को थामने की हर कोशिश है नाकाम
टूटे ख्वाब सारे जैसे फलक से सितारे,
हार कर भी हमने जीते जंग सारे

वक्त का ये तकाजा
भरा उसने खामियाजा
रंक बनी सोम को,
बनाया उसने राजा

खुद के दिए जख्म पर,
मरहम वक्त ने लगाया
क्षितिज सा ही बेशक उसने,
फिर से हमको है मिलाया।

पी की पाती

'पी' ने भेजी मन की पाती,
आज मेरे नाम
आ रहा हूं जल्द प्रिये,
लो हृदय को अपने थाम

धीर तुम अधीर मैं,
ऐसा होगा अपना मिलन
तुम्हारी हर एक पीड़ा का
मैं करूंगा अब शमन

जितना दर्द सहा तुमने,
खुशियां उतनी दूंगा तुम्हें
तुम्हारे एक–एक कीमती पलों का,
मोल ज्ञात है हमें

जानता हूं बाट मेरी,
नयनों ने तेरी है जो ही
भाषा तेरे नयनों की भी,
जानता था मैं निर्मोही

मूक आंखें वाचाल थी जो,
अब न करेंगी कोई गिला
अपने प्रिय के आने का
पैगाम जो उसको मिला

तेरी तरह मैं भी पगली,
चाहता था साथ तेरा
क्या करूं पर वक्त पे,
न था कोई वश मेरा।

साथ

तुम्हारे साथ का हर क्षण,
होता बेशकीमती
सागर के गर्भ में छिपा,
सीप का जैसे मोती

तुम्हारे सांसों की
तपती सी गर्माहट
मेरे लिए मचलती,
बयार की है आहट

धड़कती तुम्हारे सीने की
दहकती सी ये धड़कन
भावविभोर हो नाचती,
सोम के आरजुओं की है थिरकन

हौले से कहते जो तुम,
मीठे अल्फाज कानों में
मिश्री सी घोलती वो,
हृदय के अन्तरस्थ छिपे प्राणों में

तुम्हारी मचलती उंगलियों की
मिलती जो स्पर्शानुभूति,
जगाती मेरी काया में
असंख्य जुगनूओं सी ज्योति

निशा के तम को चिर
प्रेम प्रकाश मुखरित होता,
महसूस करती मैं ऐसा
जब भी तू पास है होता।

विश्वास

थकी हारी सी जिंदगी, मानो अस्ताचलगामी
मिल रही हौले हौले अंधेरों की गुमनामी।

आशंकाओं से भरी कोई काली रात है
इस तम के छंटने की, न कोई आस है।

दिल बैठा जा रहा न जाने क्या क्या सोंचकर,
रख दिया अलाव पर हाथ हमने है जानबूझकर।

असंख्य सितारे भरे हैं, उम्मीदों के आसमान में
जगमगाहट से उनकी मगर रौशनी नहीं है राह में।

छिपाया है वक्त ने अपने अंदर, अनबूझ सा कोई रहस्य
बन गई है जिंदगी हमारी, महज इक पहेली हास्यास्पद।

फिर भी चकोर सी, अपने उम्मीद के चांद को मैं ताकती
आस की गठरी, बड़े विश्वास से हूं मैं बांधती।

एक दिन निशा के तम को हरकर, हमारा चांद भी जगमगाए
मिली जो खुशियां औरों को हमारे घर भी दस्तक दे जाए।

भोर की लाली सा दमक कर, फलक पर वो छा जाए
अप्रतिम खुशियां मुझको देकर, हृदय का बोझ मिटा जाए।

चाहत

सांसों की डोर संग,
पिरोए जा रही थी
चाहतों की माला
मगर, वक्त ने अपने आगे
इसे तोड़ डाला

कीमत रत्तीभर न रही,
मेरे जज्बात की
सहती रही मैं दंश
शह नहीं, बस मात की

बोली लगी चाहतों की
वक्त के बाजार में,
चुनवा दिए गए अरमान मेरे,
सामाजिक बंदिशों की दीवार में

लगा बाजार, आए खरीददार,
मोल तोल के झोल से
दिल रोया जार जार
तय हुआ, रूप का सौदा
गैरों के लिए खुशनुमा मौका

वक्त ने लहराया फतह का परचम
हालात के आगे झुक गये हम

हुई मजबूर, टूटा गुरूर
समय के फैसले को
कर लिया मंजूर

संभली,
हँसकर जिन्दगी को पुकारा
संभालो, बहुत टूटा है,
नाजुक दिल हमारा

बेरहम निकला निर्मोही
किया कुछ भी न गवारा,
बनाकर अपना उसने
चैन लूटा हमारा

क्या कहूं अब,
वक्त ने ही लूटा हमें
जैसे कोई बेरहम लुटेरा,
उम्मीद की भट्टी में
जलता रहा सदा,
मेरा खूबसूरत सवेरा

आस की गांठ बांध
दर्द को ह्रदय में थाम,
जीती जा रही हूं जिंदगी,
जिसकी है अब ढ़लती शाम।

विक्षिप्त

आज देखी एक नारी,
फटी पुरानी मैली साड़ी
चिथड़ों से झांकती थी,
बेबस लज्जा बेचारी

तन था मैला,
किन्तु मन साफ
घूरे जा रही थी
लाज को उसकी,
बहसी नजरें आस पास
थी विक्षिप्त,
चेहरे पर मुस्कराहट थमी
भांपकर पीड़ा उसकी,
पलकों पर ठहरी नमी

जिस्म के व्यापारी ने,
किया था उसका चीरहरण
जिसके गंदे पाप का,
कर रही थी वह वहन
हृदय पर बोझ क्या कम था,
जो तन पर बोझ दे डाला
घिनौनी मानसिकता वाले लोगों ने,
एक विक्षिप्त के साथ भी
ऐसा कुकर्म कर डाला

बड़ी बेचैन थी मैं,
यह सब सोचकर
इतने में, हतप्रभ सी मैं
चौंकी कुछ देखकर

खाने को बस एक निवाला
कुत्ते के मुंह से उसने रोटी का,
आधा टुकड़ा भी छीन डाला

क्या कहूं और उसकी व्यथा,
देखकर दुर्दशा उसकी
द्रवित ह्रदय हमारा
बना बैठा ऐसी कथा।

जाने क्यूं

जाने क्यूं आज
इक बात याद आई है
सूनी आंखों में फिर,
दर्द की घटा छाई है

बीती बातें मौजों सी,
मन की साहिल पे
आके ठहर जाती है
हौले से आके जो समंदर सी,
पलकों से छलक आती है

फिजा का चांद भी,
बीते जमाने का आईना सा है
भटकते अब्र में,
चेहरा कोई बना सा है

उदास राहें मेरी,
इक दास्तां सुनाती है
भटकती रूह को मेरी,
इक आवाज कहीं से आती है

भीगता मौसम भी आज
कुछ धुंआ धुंआ सा है
पिघलते मोम सा ये दिल,
क्यूं परेशां सा है

हृदय की सूनी राहों पर,
मन का सूना दरवाजा
तरसती आंखों से जो
उसके आने का,
देखे है रास्ता

निगाह दूर तलक
जाके लौट आती है
धड़कती सीने की धड़कन को,
तार तार कर जाती है।

दर्पण

दर्पण कहे इक बात कहूं,
हल्की चोट से आघात सहूं

मैं दर्पण हूं, सच्चा संबल,
नारी मन जैसा ही निश्छल
हर्ष विषाद सब साथ सहूं,
व्यथा अपनी किससे मैं कहूं

मैं दर्पण हूं, संपूर्ण समर्पण,
नारी मन जैसा ही अर्पण
तुम्हारी छवि तुम्हें दिखलाकर
सच से रू ब रू तुम्हें कराऊं
चिंतन, मंथन की भंगिया पर,
मैं अपना अस्तित्व लुटाऊं

जब चाहे तू मुझमें झांके,
पल पल अपना रूप है आंके
तेरी कसौटी पर खड़ा न उतरूं,
तो मुझको दो टुकड़ों में बांटे

मैं दर्पण, छाया हूं तेरी,
नारी तन सी काया मेरी
रुप कठोर ऊपर से मेरा,
मुझमे निहित अस्तित्व है तेरा

मैं दर्पण, तेरा ही अभिव्यंजन,
नारी हृदय सा कोमल, कंचन
प्रेम प्यार ही समझ न मुझको
मैं तो पूर्ण समर्पण हूं
तू ही मेरा प्रेम यज्ञ है,
मैं समिधा अर्पण हूं

कहे दर्पण यह,
टूट कर कब मैं, जुट पाया हूं
कुछ और नहीं मैं बस,
टूटती बिखरती इक काया हूं
अपना रूप गंवाकर ही मैंने,
हमेशा सत्य का मान है रखा
शायद इसलिए नियति ने
सत्य के दर पे अर्पण,
'दर्पण' मेरा नाम है रखा।

माँ

ममता का विस्तृत रूप,
शीतल मन्द चंद्र सा स्नेहिल स्वरूप
माँ बिखराती जीवन में आशा के मोती,
नहीं माँ की ममता कभी कम है होती
शीतल आँचल की छाया वो देती तपन में,
माँ आशा के दीप जलाती है मन में

माँ एक मीठा, गहरा और
खूबसूरत शब्द
इसे परिभाषित करने को,
आज शब्द भी हैं निशब्द

माँ ममता का छलछलाता सागर,
प्रेम और स्नेह से परिपूर्ण है जिसकी गागर

माँ शीतल और सुगंधित
बयार का है एहसास
उसी माँ के नाम लिखना है,
हम सभी को कुछ खास

माँ के प्रति,
कृतज्ञता व्यक्त करने को
एक उम्र क्या?
पूरी सदी भी कम है
सागर को स्याही बना लूं और

धरती को कागज तो भी कम है
उनके ममत्व का बखान
करना सहज नहीं,
माँ के आगे ईश्वर भी कहीं नहीं

अपनी माँ के नाम
मेरे कुछ खास एहसास,
जो दूर होकर भी है
मेरे हृदय के बेहद पास
उसके स्नेहिल हाथों का स्पर्श
जो है मेरे सर पर,
तो किसी भी चुनौती से
नहीं लगता है मुझको डर

माँ तुम्हारे रक्त मांस से
सिंचित है यह काया
तू ही कायनात है,
जननी है जाया
तूने टूटकर, बिखरकर
हमेशा बच्चों की खातिर,
अपना सुख सौरभ लुटाया
तुम्हारी ममता का मोल,
बच्चों की समझ में कहां आया

खुद रही बियावानो में,
मुझको अच्छा संसार दिया

विलग होकर भी तुमने,
माँ का हर फर्ज है अदा किया

सच है, दूर थी मैं तुमसे
तुम्हारे प्यार से भी वंचित
फिर भी तुम्हारे लिए ह्रदय में
असीमित स्नेह है मेरे संचित

दूर रहकर भी तुमने
अपना ममत्व हमपर लुटा डाला
माँ जैसी मासी माँ,
मेरी झोली में दे डाला
यशोदा बनकर जिसने,
तेरी तनया पर प्यार लुटाया,
हरपल उसने तुम्हारी
विवशता को भी था समझाया

समय बीता फासले कम हुए,
एक साथ फिर हम तुम संग हुए
कुछ साल ही रही
मैं बस तुम्हारे साथ,
भेज दी गई मैं फिर
किसी अजनबी के हाथ

माँ तू ममता का विशाल वृक्ष
इस एक रिश्ते में ही है,

जीवन का सार निहित
आज माँ बनकर ही,
माँ की ममता को है जाना
माँ के अस्तित्व और गरिमा को पहचाना

माँ के चरणों में सारे तीर्थों का फल है,
माँ के बिना सारा जीवन विफल है
आज दूर हूं तुमसे फिर भी,
तेरी हर पीड़ा को हूं भांपती
हूं चुका पाने में असमर्थ,
तुम्हारे प्रेम का ऋण
बदहवास सी बस मैं,
अपनी विवशता को हूं आंकती।

सागर

अतीत के गहरे सागर में
जाने मन क्यूं खोया सा
यादों की लहरों के
नीले अवगुण्ठन में,
सिन्दूरी ख्वाब
मानो रक्तिम सूरज
कोई खिलता सा
हमारी बेकल विह्वल ऊंगलियां,
बावली बन रेत पर तुम्हारा नाम
लिखती ही जाती
यादें प्रेम के खूबसूरत मंजर का
दिल को फिर एहसास,
कराती ही जाती

उत्कंठित भावनाओं का सागर,
लहरों सा बनता मिटता
किनारे पर आकर जो,
शांत जल सा सिमटता
पलकों पर थमी व्यथा,
सागर जितनी गहरी
आरजू लहर बन,
मन के साहिल पे ठहरी
कसक तपती रेत सा,
सागर के जल सा खारा
एहसास हृदय के गर्भ में

सीपी के मोती सा प्यारा
गोते लगाऊं बार बार,
जीवन के गहरे सागर में
मिलता नहीं तुम्हारा प्यार,
लौट आती खाली फिर मैं

जहां तक जाती नजर
तुम ही तुम आते नजर
नियति ये कैसी मेरी,
प्यासी है मेरी डगर
कभी तनकर, कभी झुककर
हो अपना एहसास कराते
चाहूं जब आगोश में जाना,
छलिया बनकर दूर हो जाते

सागर तुम हो इतने पास,
बुझती कहां पर मेरी प्यास
परस देकर गुम हो जाते,
रहती मेरी तृष्णा उदास
तुम्हारा प्यार तुम जैसा ही गहरा,
जिसपर है लहरों का पहरा
रेत सी तपती भूमी मैं,
क्यूं तूं? बेबस है ठहरा

उन्मुक्त लहर ये वेगवती,
क्यूं सागर तेरे अन्तर्मन की

उन्मादग्रस्त हो दौड़ लगाती
न जाने क्यों मेरी ओर
करती विलास, उन्मुक्त हास
गुंजायमान चहूंओर

है बंधे हम,
बन बिछोह मिलन
देकर चिर स्नेहालिंगन
वर्षो से मैं प्यासी धरती,
सागर तेरे प्रेम को तरसी।

मन मृगतृष्णा

मृगतृष्णा दे झूठा लालच,
मन को नित है भरमाता
सपनों की मादक रुनझुन में,
सारा जीवन कर जाता

हर आज के साथ जन्मती,
कल की सुन्दर अभिलाषा
तुम्हारा प्रेम है मृगतृष्णा
मन मेरा, 'रीते घट' सा प्यासा

प्यार बढ़ाती मृग मरीचिका
तृप्त नहीं मन हो पाता
ऊपर से संतोष जताऊं,
अंतर्मन रहता प्यासा

कभी विवशता, कभी वेदना
भरमाता मन, व्याकुल चेतना
मृगतृष्णा में पागल मन,
खो बैठा अब सारी संवेदना

बिखरी हूं हर जगह रेत सी,
ख्वाब तेरे हैं मृगतृष्णा से
सांसों की फैली सर जमीं पर,
तुम दिखते मृग मरीचिका से

दुविधाहत प्रेम हमारा,
केवल मृगतृष्णा है
यामिनी में छिपी एक रात,
जैसे कृष्णा है

मनभावनी सुधियां तुम्हारी,
रस वसंत सी मृगतृष्णा
करना चाहूं वरण जिसे मैं,
मेरे लिए हो तुम वो सपना

मन मेरा है, रंगभूमि
मनोभाव परदे रतनारे
सही गलत के उलझन में,
बीत गए जीवन सारे

नहीं सोचती सही गलत मैं,
भ्रम जाल में फंसती जाती
मृगतृष्णा की नयी जाल,
मन मकरी नित बुनती जाती

वास्तविकता पर परदा डाले,
भ्रम छलता बन मायावी
फिर तेरे प्रेम की चाह भटकती,
मनमरूस्थली में मृगतृष्णा सी।

पर्यावरण

ईश्वर ने जब रचा संसार,
पृथ्वी को दिया
अमूल्य उपहार
धूप, जल, वायु
पेड़ पौधे और पशु पक्षी,
इस खूबसूरत धरा के
सभी बने ज्वलंत साक्षी

फैली हरियाली चारों ओर,
झूमी प्रकृति होकर भाव विभोर
पशु पक्षी के कलरव और गान से,
गौरवान्वित हुई वसुधा अभिमान से

दूर तक फैली निर्झरणी का शोर,
पंक्षियो की चहचहाहट से
होती धरा की भोर
बहता बयार मदमस्त सा इठलाकर,
खिलता रवि भी अंबर पर मुस्काकर

झूमकर हर्ष से धरती होती सराबोर,
शुद्धता रक्तमिश्रित हो मनुष्य को
स्वस्थ रखती चहुंओर
छायी हरियाली बनकर,
धरा का आवरण
सुशोभित हुई नये नामों से

कहलायी पर्यावरण
पर्यावरण भौतिक, रसायनिक एवं
जैविक कारकों की समष्टिगत इकाई है,
जीवन की सारी संरचना
इसी मूल इकाई में समाई है

पर्यावरण पृथ्वी पर जीवन के अस्तित्व में,
एक बड़ी भूमिका निभाता है
मनुष्यों, पशुओं और जीवित चीजों को
विकसित होने का,
एक सही रास्ता दिखलाता है

मनुष्य को पर्यावरण से अलग मानने वाले,
तूं भी इसी प्रकृति का हिस्सा है
फिर क्यूं?
विज्ञान और तकनीक के व्यापक प्रयोग से ,
प्रर्यावरण की प्राकृतिक
दशाओं का बदल रहा किस्सा है

प्राकृतिक प्रक्रियाओं में मानव का
जो अंधाधुंध हस्तक्षेप है,
रच रहा अपनी ही बर्बादी का
हौले हौले इतिहास संक्षेप है

आर्थिक उद्देश्य और विलासिता
के लक्ष्य की प्राप्ति हेतु,

प्रकृति के साथ होता जा रही
यह छेड़छाड़ है
प्राकृतिक पर्यावरण का संतुलन
नष्ट किया जा रहा है
इसलिए तो प्राकृतिक प्रणाली
के अस्तित्व पर ही,
संकट उत्पन्न होता नजर आ रहा है

आज के इस बदलते दौर में
जरूरी है कि,
इसे सुरक्षित रखने का
एक ठोस कदम उठाया जाए
विश्व पर्यावरण दिवस पर ही नहीं,
अपितु, हर दिन प्रत्येक घर में
एक वृक्ष जरूर लगाया जाए

पृथ्वी पर जीवन जारी रखने के लिए,
पर्यावरण की मौलिकता
बनाए रखना जरूरी है
हमारे छोटे से सकारात्मक
आंदोलन की वजह से
बिगड़ते पर्यावरण में,
बदलाव लाना हो हमारा संकल्प
न कि, महज एक कोरी कल्पना
जो होती कभी न पूरी है।

तिरंगा

तीन रंगों से सजा तिरंगा
भारत मां की शान,
शक्ति, शांति और समृद्धि की
ये तो है पहचान

तिरंगे के वक्षस्थल पर
विराजमान जो चक्र,
आत्मरक्षा का भान कराता
जिसपर हमको फख्र

चक्र की चौबीस तीलियां
धर्म के चौबीस नियम बतलाती,
प्रेम, बहादुरी, धैर्य, शांति, उदारता
अच्छाई, भरोसा, सौम्यता,
निरूस्वार्थभाव, आत्मनियंत्रण, बलिदान, सच्चाई, नेकी,
न्याय, दया, आकर्षणशीलता, नम्रता, हमदर्दी, संवेदना,
धार्मिक ज्ञान, नैतिक मूल्य, धार्मिक समझ, भगवान का डर
और भरोसा है जतलाती

हमारा राष्ट्र ध्वज तिरंगा
गौरव का प्रतीक है,
यह हम भारतवासी की
अभिलाषा और उम्मीद है

आजादी से अबतक

भारत के वीर सपूतों ने,
दुश्मन से इसे बचाया है
इसके सम्मान की खातिर
जिसने अपना सर्वस्व लुटाया है

जय हिन्द, जय भारत की गाथा
सदा ये तिरंगा सुनाएगा,
धरती मां की लाज की खातिर
यह अपना परचम लहराएगा।

26 जुलाई 'कारगिल दिवस'

भारत मां की शान और तिरंगे के आन की खातिर
लुटा दी जिन वीर सपूतों ने अपनी जान,
उनकी कुर्बानियों पर हमको आज भी है नाज
26 जुलाई को 'कारगिल दिवस' के रूप में,
आओ करते हैं उनको याद

चलो सुनाऊं एक कहानी सन् 1999 की,
भारत के वीर सपूतों ने छक्के छुड़ाए थे पाकिस्तान के
कब्जा किया था पाकिस्तानियों ने
'तोलोलिंग' की ऊंची भारतीय चौकियों पर,
निशाना था NH1 और
मंशा थी,
काश्मीर और लेह का
टूट जाए मार्ग संपर्क

न पहुंचे कारगिल और सियाचिन तक फौजी सामग्री,
और फैल जाए उनका वर्चस्व हमारे ऊपर
जब बेफिक्र थी भारतीय सेना
पहुंचाई एक चरवाहे ने,
उन तक ये खबर द्य

फिर क्या था शुरू हुई जंग,
चली मई, जून और जुलाई
'लाईफ ऑफ कंट्रोल' के
डेढ़ सौ, दो सौ किलोमीटर के

एरिया में थी युद्ध फैलायी
सर पर कफन बांध,
मन में जीत का जज्बा ठान
चल पड़े भारत के वीर जवान

भारतीय फौज और वायु सेना ने
जमकर हमला शुरू किया,
ऊंची ऊंची चोटियों पर जाकर
दुश्मन को नेस्तनाबूद किया

पाकिस्तानियों को
इस धरती के लाल ने
नाकों चने चबवा दिये
4 जुलाई 1999 को
'टाइगर हिल' पर,
अपना कब्जा जमा दिया

दस डिग्री सेल्सियस के
तापमान पर,
रात रात भर युद्ध हुआ
विक्रम बत्रा का
'दिल मांगे मोर' का नारा
फिर मशहूर हुआ

भारतीय फौज ने 'ओप्रेशन विजय'
वायु सेना ने 'ओप्रेशन सफेद सागर'

का नाम दिया
26 जुलाई 1999 को,
वीर सपूतों ने 'तोलोलिंग' की
ऊंची चोटियों पर,
विजय का झंडा गाड़ दिया

'मनोज कुमार पाण्डेय' और 'विक्रम बत्रा',
जैसे वीर शहीद हुए,
मरणोपरांत जिनको फिर,
'परमवीर चक्र' नसीब हुए।

युवाशक्ति

युवा
जीवंतता, उत्साह, आनन्द और जूनून का नाम है
जोश से भरपूर होता,
इनके हर काम का अंजाम है

उत्सुकता व जिज्ञासा से ये,
नई खोजों का पता लगाते
उर्जा से परिपूर्ण हो
पुराने रीति रिवाजों का,
खंडन हैं कर जाते

आज के नवयुवक ही हैं,
उज्जवल भारत की पहचान
देश के कर्णधार हैं ये,
करेंगे नवभारत निर्माण

हिम्मत और हौसले के दम पर,
ये देश का मान बढ़ाएंगे
हर क्षेत्र में आगे आकर यह,
सर्वश्रेष्ठ कहलाऐंगे

रीढ़ की हड्डी हैं युवा वर्ग,
देश महज इक ढांचा
ईमानदारी और सच्चाई के बल पर,
गढ़ना इनको है सुंदर भारत का सांचा

आज के युवाओं को अब,
अपनी जिम्मेदारी समझनी होगी
देश को विकासशील बनाने हेतु,
सामाजिक, आर्थिक, राजनीतिक
और प्रशासनिक क्षेत्रों में भी,
अपनी अहमियत समझनी होगी

संपूर्ण राष्ट्र विकास के लिए युवाओं का,
फौलादी जिगर जरूरी है
दृढ़ इच्छाशक्ति, धैर्य, पराक्रम और
संयम भी अब इनमें बहुत जरूरी है

इतिहास गवाह है कि,
भगतसिंह, सुभाष चन्द्र बोस
चंद्रशेखर आजाद और खुदीराम बोस
जैसे युवाओं ने अपनी
हिम्मत और दिलेरी से,
बंधन मुक्त किया भारत को
पराधीनता की जंजीरों से।

उड़ान

विवशता के दायरों से
ऊपर उठकर,
मजबूत इरादे और बुलंद
हौसलों के दम पर,
मन ने जो
ये नयी उड़ान है भरी
लक्ष्य को पाने की हमारी जिद्द,
अब हमसे ही आकर है लड़ी

तिरस्कार और अपमान जनक
परिस्थितियां कितनी आईं हैं नजर,
पर इन बातों से अब
रहती हूं, मैं बेखबर
मंजिलें उनको ही मिलती है,
जिनके सपनों में जान होती है
पंख तो महज जरिया है,
हौसलों में उड़ान होती है

चूमने धरती और गगन को
बेखौफ, उन्मुक्त, मग्न हो,
क्षितिज की ओर जो
हूं मैं, अब चल पड़ी
नई मंजिल सामने है आ खड़ी

उड़ने को अनंत आकाश,

दर्द को देकर अवकाश
तोड़ कर बेड़ियां पांव की,
पंख जो हमने है फैलाया
सामने खूबसूरत सा जहां,
बांहें पसारे है नजर आया

अब न रुकेंगे ये कदम,
चल पड़े, नयी राह जो हम
अनवरत भरती रहूंगी
मैं अब ये उड़ान
पाकर रहूंगी,
जो पाना है मुकाम।

मंजिल

चल पड़ी जिन्दगी नयी राह की ओर
दिख रही सामने मेरे मंजिल की छोर
बाधाऐं अनगिनत आयेंगी जानती हूँ
तोड़ न पायेंगी ये मेरे हौसलों की डोर

आलोचनाएं राहों में ऐसे,
चुभते कंकर पत्थर हो जैसे
समंदर में उठे लहर को,
कहो रोक पाएंगे भला कैसे?

उठी है इक अगन जो दिल में,
ललक, चाह को पाने की है मन में
बुझाएगी तपिश मेरे अन्तस्थ की,
पूरे होते मेरे सारे सपने

पूरा करना है अधूरा सपना,
सफर लम्बा है तय करना
रुकावटे चाहें जितनी भी हो,
बाधाओं से नहीं डरना

पलकों पर सजे मेरे सपने,
जो बोये हैं प्रिय ने मेरे मन में
साथ संबल जो उनका है,
परवाह औरों की छोड़ दी मैंने।

चांद

चांद्र में छिपे चांद से
वर्षों पुराना नाता है,
बन बैठा इश्क चांद
और मैं बनी चकोर
कितना निष्ठुर विधाता है

हृदय के व्योम पर देखो
कितने चमकते तारे हैं,
बिन तुम्हारे चांद मेरे
हम तो सब कुछ हारे हैं

चांद तेरी मनमोहनी सूरत,
लगती क्यों मुझको है प्यारी
मैं चकोर चाह में तेरी,
हूँ अपना सर्वस्व हारी

इस चकोर का अपनी दिलों के
धड़कनों पर जोर नहीं,
चांद तेरी प्रीत में उमड़ती
चाहतों के समंदर के अलावा
दूजा कोई शोर नहीं

दिन, महीने, साल सारे
जैसे घनेरे बादल हैं,
स्याह निशा में जो छिपाते

तेरे हंसी उजियारे हैं
बन चकोर दिन रात तकती
पर पिपासा मन की न घटती
पा लूँ तुम्हे इक चाह मन में,
ये ललक हरपल है बढ़ती

जानती हूँ चाह मेरी
न करोगे पूरी कभी,
जान गवां दूं तब मिलो तुम
पूरी कर लूँ ख्वाहिश अभी

प्रेम में तेरी तड़पना,
चाहकर भी तुमसे न मिलना
प्रेम विरह का यह मिलन
प्यार की नयी परिभाषा गढ़ेगा

इस चकोर का मधुर प्रेम
हर जनम बस इतना कहेगा
ऐ चांद
तुम्हारी शीतलता, सूकून बन
मेरी रग रग में बहेगा
अमिट, अमर हमारा प्रेम
हर जनम बस तेरा रहेगा।

www.ingramcontent.com/pod-product-compliance
Lightning Source LLC
LaVergne TN
LVHW100556051026
849519LV00003B/984
* 9 7 8 9 3 8 8 3 6 5 0 5 5 *